AF383908

LE CLUB.

Par M. C.... A....,

ÉLECTEUR ET ÉLIGIBLE.

1849

PERSONNAGES.

LE PRÉSIDENT.
ROBERT, avocat.
DUCLOS, professeur d'histoire.
CLAUDIN.
BERNARD,
ANTOINE,
LEBLANC, } ouvriers.
MICHEL,
MONVAL.

JOLY.
PASCAL.
MILLET.
FRÉTEL.
LÉONARD.
MATHIEU.
PIERRE.
Mme ABEL.
AUTRES CLUBISTES.

La scène se passe dans une petite ville.

Sablé. Imprimerie de CHOISNET.

LE CLUB.

BIBLIOTHÈQUE NATIONALE
R.F.

Une grande salle garnie de bancs et de chaises. Au fond, et vis-à-vis la porte d'entrée, est la tribune, qui consiste en une table et une chaise, et que domine le bureau du Président. Au-dessus de ce bureau sont écrits sur marbre noir les mots : *Liberté, Égalité, Fraternité.*

(On entre, on sort, on s'assied, on se lève. Demi silence.)

DURAND, *interrompant un orateur.*

Citoyen Président, la parole.

LE PRÉSIDENT.

Attendez.

MILLET, *à la tribune.*

Non, Messieurs... *(se reprenant).* Citoyens, nous sommes décidés...

LE PRÉSIDENT.

A quoi faire? voyons.

MILLET.

L'ardoise ni le chaume
N'est un asile sûr en ce vaste royaume,
Pour le traître....

VIOLENTES RÉCLAMATIONS.

Ah!... ah!... ah!...

BERNARD.

Un espion du roi !

DURAND.

A bas !

LE PRÉSIDENT, *à Millet.*

Votre éloquence est en plein désarroi.

VOIX.

A la porte ! à la porte !...

MILLET.

Au moins, que je m'explique.
J'ai confondu.

VOIX.

Non ! non ! vive la République !

ANTOINE.

Durand à la tribune ! écoutez !

LE PRÉSIDENT.

Très bien dit :
Et puisse le conseil avoir quelque crédit.
(*A Durand*).
La parole est à vous ; c'est chose convenue.

MONVAL.

Mais, depuis quinze jours, je l'avais retenue.

LE PRÉSIDENT, *à Monval*.

Tout à l'heure, mon Dieu !

DURAND.

Je suis un ouvrier.

TROIS INTERRUPTEURS.

De Lyon ? — de Paris ? — héros de Février ?

DURAND.

Moi *?* non pas. On veut tout remettre en équilibre,
Citoyens : mais, d'abord, que le travail soit libre.

MICHEL.

Est-ce qu'il ne l'est pas ?

DURAND, *à Michel*.

Tais-toi, gâte-métier :
Je dénonce Michel devant le monde entier.

CLAUDIN.

Michel, bon travailleur, calcule, économise.

MICHEL.

Aussi, j'ai des habits par-dessus ma chemise.

BERNARD, *riant.*

Et Durand?

DURAND.

Mon Bernard, tu fais le beau parleur,
Toi : mais, qu'une apostrophe un peu forte en couleur
Te saute aux yeux, soudain tu rengaines ta phrase.

BERNARD.

Si j'ai tort ?

DURAND.

Laisse-donc ! le premier mot t'écrase,
Et voilà.

LE PRÉSIDENT , *à Durand.*

Mon ami, vîte, finissons-en.

DURAND.

Ce monsieur !... Le bourgeois opprime l'artisan.
Travaille pour manger ! toujours la même antienne ;
Si nous ne voulons pas !

LE PRÉSIDENT.

Oh ! qu'à cela ne tienne !
Paresseux !

DURAND.

Grand merci.

MILLET.

Fais-toi nommer préfet,
Alors ; et prends surtout des commis bien au fait.

(*Durand continue.*)

MONVAL , *à Robert.*

Vous au club ?

ROBERT.

En personne ; ainsi que vous, mon brave.

MONVAL.

Moi, je viens prononcer sur un sujet très-grave
Certain petit discours... c'est fin, c'est délicat !
Vous verrez. Mais, et vous ? Ah ! oui, jeune avocat,

Il vous faut des clients, que diable ! En conséquence,
Vous demandez ici des leçons d'éloquence.

ROBERT , *lui tournant le dos.*

Précisément.

DURAND , *finissant.*

Enfin, l'homme qui veut dîner
N'est plus libre, s'il doit, pour cela, s'échiner.

LE PRÉSIDENT , *appelant:*

Monval ?

MONVAL , *à Robert.*

Sur l'auditoire il est bon que l'on veille.

ROBERT , *à haute voix.*

Nous allons, citoyens, entendre une merveille.

MONVAL , *avec emphase.*

Patriote parfait, si jamais il en fut,
Philanthrope éprouvé, constamment à l'affût,
Que vois-je, citoyens ? Tous les coins de la France
Font à vos cœurs l'envoi d'un long cri de souffrance.
Hélas ! des malheureux, voyageant par troupeaux,
A demi-nus, ou bien affublés d'oripeaux;
Ont dévoué leurs corps aux plaisirs populaires.
Pour de maigres profits, pour de chétifs salaires ,
Sauter, faire des tours, le soir et le matin,
Tel est l'horrible lot qu'ils doivent au destin.
Eh ! bien, rendons meilleur le sort du saltimbanque.
Sa vieillesse...

ANTOINE.

Il divague.

MONVAL , *s'attendrissant.*

Aura ce qui lui manque.
Travailleur invalide, en un riche hôpital,
Puisse-t-il vivre en paix jusqu'au moment fatal !
Bouffon, danseur de corde, amuse ta patrie !
Exerce dans le calme une aimable industrie !

Sans trouble désormais contemple l'avenir,
O toi, qu'un peuple libre a le droit de bénir !

LEBLANC.

Diable... cet hôpital, une fameuse idée !

ROBERT.

Et la première place y serait accordée
Au cher préopinant ?...

MONVAL, *vivement*.

Je n'en veux pas !

ROBERT.

Pardon,

Vous l'auriez.

MONVAL.

Non, monsieur !

ANTOINE, *à Durand*.

Plus bête qu'un dindon,

Ce Monval.

DURAND.

Un bourgeois, voilà tout.
(Pendant ce qui suit, discours d'un orateur qu'on n'écoute pas).

JOLY, *à Frélel*.

Je m'en moque ;

Et j'oserai tout bas parler sans équivoque.
Avec leur république, ils se fichent de nous.
Jamais devant un roi je ne fus à genoux ;
Mais, rien pour les Français ne vaut la monarchie.
Est-ce une opinion subite, irréfléchie !
Non pas ; suivez le fil de mon raisonnement :
La Suisse, par exemple, est un endroit charmant,
Où j'ai bon souvenir qu'aux vacances dernières,
Je me suis diverti de trente-six manières ;
Où je retournerai, s'il plaît au percepteur,
De laisser un centime à votre serviteur.
Eh ! bien, la république est florissante en Suisse ;
Pourquoi ? je vais le dire : oui, je doute qu'on puisse

En demeurer chez nous longtemps amouraché :
D'abord, pour l'établir on s'est trop dépêché ;
Ensuite, un pays plat, comme l'est notre France,
A bien moins que la Suisse... Oh ! quelle différence !
Vous sentez ?

FRÉTEL.

Oui, Monsieur, c'est un puissant motif.

JOLY.

Je suis un voyageur sérieux, attentif :
Et mon but, quand j'observe, est tout patriotique.

FRÉTEL, *lui serrant la main.*

Voyez en moi, Monsieur, votre ami politique.

ROBERT, *à l'orateur non écouté qui descend de la tribune.*

Déjà vous finissez ?

L'ORATEUR, *avec effusion.*

Ah ! citoyen, merci !

ROBERT, *à son voisin.*

Digne homme ! à m'endormir il avait réussi.
(*Bâillant*). Ah !... ah !...

LE PRÉSIDENT.

Duclos.

BERNARD.

Présent, le professeur d'histoire.

Silence !

DUCLOS, *d'un ton prétentieux.*

Citoyens, il est un fait notoire,
C'est que Platon, Lycurgue, et Socrate, et Solon...

ROBERT, *interrompant.*

Vous oubliez Homère.

MILLET.

Isaac.

FRÉTEL.

Absalon.

DUCLOS.

Qu'avez-vous?... Je reprends. Depuis le premier homme...

BERNARD.

Adam.

DUCLOS.

Chut !... jusqu'au siècle où l'on régna dans Rome,
Par nul législateur, il ne fut présenté
De code qui pour base ait eu la royauté.
« L'état de république est seul dans la nature »,
Dit Platon qui jamais ne parle à l'aventure.
Quel sublime bon sens ! certes, le cœur humain,
Devant Platon posait aussi nu que la main.
O grand maître !... Messieurs, à ce propos je cite
Notre auteur favori, l'historien Tacite :
« Quamobrem... »

ROBERT.

Du latin !

MILLET.

Notre auteur !

DUCLOS.

Ah ! mon Dieu,
Citoyens ! me trompant d'auditoire et de lieu...

MILLET.

Il nous faisait la classe !

ROBERT.

Incroyable méprise !

DUCLOS.

Ce beau tapage-là, par ma foi, l'autorise.
En tous cas, vrai Brutus, j'étais républicain,
Longtemps avant le jour où fut banni Turquin.

DURAND.

Trop savant, le Duclos.

MICHEL, *à Leblanc.*

Mon fils, tu t'émancipes.

Ta belle-mère Abel, une femme à principes ,
Viendra te relancer jusqu'ici sans façon :
Et toi, tu la suivras comme un petit garçon.
Qu'as-tu ?

LEBLANC.

C'est un discours, Michel, que je rumine ,

MICHEL , *riant.*

Toi! toi! cela te donne une drôle de mine.
De quoi vas-tu causer?

ANTOINE, *montant à la tribune.*

La parole à mon tour.

LE PRÉSIDENT.

Mais, mais...

ANTOINE.

Oui, pour ce soir, pas pour un autre jour.

LE PRÉSIDENT.

Vous l'avez.

ANTOINE.

Je crois bien. Craint-on que je n'abuse?
Je connais mon français un peu mieux qu'une buse;
Parbleu !

VOIX.

Parlez! parlez!

ANTOINE.

Cela ne presse pas.

VOIX.

A l'ordre!—Il manque au club !—Silence !—Paix !—A bas !

ANTOINE.

Vous avez fini?... bien. Voici donc mon affaire :
Je suis un ignorant.

DUCLOS.

Bravo !

ANTOINE.

Mais, je préfère
Ma bêtise à l'esprit de certain professeur :
Empoche. J'en conviens, c'était un vieux farceur ,
Le roi Philippe.

INTERRUPTEURS.

Un fourbe!—Un scélérat!—Un lâche!
— Un.....

ANTOINE.

Mes concitoyens, tant pis, si je vous fâche;
Malgré ça, je l'aimais.

RÉCLAMATIONS.

Ah!... ah!...

ANTOINE.

Que veulent-ils,
Ceux qui braillent si fort? Mais non, soyez gentils.

BERNARD.

Es-tu républicain?

ANTOINE.

Moi? voici ma réponse :
Un matin, sur la place, une affiche m'annonce
Qu'on est en république : oh! oh! c'est étonnant;
Hier c'était un roi qu'on avait; maintenant...
Bon. Mais, moi, qui me suis éveillé royaliste,
Des fiers républicains déjà grossir la liste?
Pas possible! on verra. Si l'autre revenait,
Il faudrait donc!... Ah! bien! Je vous le dis tout net,
M'engouer tout d'un coup n'est pas en ma puissance :
La république et moi nous ferons connaissance;
Si je la trouve aimable, et si notre bonheur
Lui va, je l'aimerai; ma parole d'honneur!

MICHEL.

Il a raison.

ROBERT.

Cet homme, en son genre, est unique.

PASCAL, *un journal à la main.*

Citoyens, permettez que je vous communique
Un excellent article, extrait de mon journal.

DURAND.

Nous n'écouterons pas!

MICHEL.

Tiens! cet original!

BERNARD.

Quelque petit jeune homme, échappé du collége ,
Fort en lecture.

PASCAL.

Un club a-t-il le privilége,
Messieurs, de décider que, pour être orateur,
On aura désormais deux mètres de hauteur ?

VOIX.

Mais non ! —Lisez! —Parlez !

ROBERT.

Votre esprit a la taille.

PASCAL, *lisant.*

Quand aura-t-on chassé toute la valetaille?
Nous citons à regret un exemple frappant.
Du merveilleux chemin qu'on peut faire en rampant.
Né, dit-on, d'un laquais du feu roi Louis Seize,
Filleul du chef béni d'un pieux diocèse ,
Le citoyen Moreau, protégé par Danton,
Fut juge de district, et plus tard, de canton.
Son fils, préfet, baron, sénateur sous l'Empire,
Doit le manteau d'hermine aux Bourbons. Mais, le pire,
C'est que digne héritier d'un système immoral,
Nommé par d'Orléans, receveur général,
Le Moreau d'aujourd'hui , cousin de son ministre,
Non-seulement se voit à l'abri d'un sinistre,
Mais, pour monsieur son gendre, assez piètre sujet,
Vient d'obtenir encore une place au budget.
Voilà ce qui s'appelle éviter les naufrages,
A travers maint écueil , au milieu des orages !
Le vaisseau de l'État eût dix fois chaviré,
Que celui des Moreau s'en fût toujours tiré.
Trois générations effrontément serviles !
Ont-elles dû mentir , être fausses et viles !

Ont-elles mendié, rampé, sollicité !
Oui, mais rien ne résiste à la publicité.
Nous sonnons le tocsin : la presse est avertie :
Et bientôt des Moreau l'ignoble dynastie
Qu'après nous va poursuivre un millier de pamphlets,
Disparaîtra honteuse, au bruit de nos sifflets.

ANTOINE.

Pas bête, ce Moreau.

MONVAL.

Riche propriétaire.

LE PRÉSIDENT , *ouvrant un paquet.*

De ce pli cacheté dévoilons le mystère.

FRÉTEL.

Qu'est-ce que c'est ! voyons !

LE PRÉSIDENT.

Donnez-moi donc le temps.

Oh ! oh ! « Premiers conseils à nos représentants. »
Douze pages au moins d'une fine écriture,
Dont je n'entreprends pas l'éternelle lecture.
Vient ensuite un projet de constitution,
« Le seul qui, dit l'auteur, mérite adoption. »
J'en ai déjà vingt-neuf, là, dans mon portefeuille :
Qu'en ferai-je ?

FRÉTEL.

Avec soin j'entends qu'on les recueille :

Monuments précieux au suprême degré,
Dont tel grand publiciste un jour nous saura gré.
Quant au présent envoi, citoyens, je réclame :
L'auteur, bon patriote...

ROBERT.

Est-ce vous ?

FRÉTEL.

A de l'âme,

Du savoir : et vraiment, j'ai lieu d'être surpris

Qu'un président de club ait osé... quel mépris,
Quel dédain pitoyable il affecte, il étale !
Honneur à l'œuvre immense, à l'œuvre capitale,
A l'œuvre qui... que...

ROBERT.

Bien ! donc vous êtes l'auteur?

FRÉTEL.

Comment !

BERNARD.

Vous rougissez.

FRÉTEL.

Ce n'est pas moi !

DURAND.

Menteur !

LE PRÉSIDENT, *riant.*

Votre projet, Frétel, a le numéro trente.

MATHIEU, *à Pierre.*

Tout domestique aura six cents livres de rente.

PIERRE.

Nos maîtres ne feront plus tant leurs embarras.

MICHEL, *à Leblanc.*

Et ton discours?

LEBLANC.

Ça vient : mais, tu m'applaudiras?

LE PRÉSIDENT, *à Bernard qui est à la tribune.*

Bernard, parlez bien haut, car tout le monde cause.
Chut ! chut !

BERNARD.

La république a donc gagné sa cause,
Citoyens ! que de maux les rois nous avaient faits !
Esclave né, contraint à plier sous le fait,
Chacun de nous, flétri du nom de prolétaire,
Ne semblait destiné qu'à repeupler la terre.

DURAND.

C'est cela !

BERNARD.

Populace, arrière ! disait-on :
Ta blouse sent mauvais, et tu n'as pas bon ton.

DURAND.

Ah ! oui.

BERNARD.

De nos devoirs le chiffre était énorme ;
Et nos droits dans la charte existaient pour la forme.
Nous n'avions qu'un pain noir, rogné par les impôts,
Qui nous coûtait, hélas ! et sommeil et repos.

DURAND.

C'était trop cher !

BERNARD.

Eh ! bien, nous relevons nos têtes.
Nous voilà citoyens, rois de toutes les fêtes :
D'un nouveau paradis nous sommes les élus ;
Nous travaillerons moins, mais nous gagnerons plus.
La jeune liberté plante partout son arbre ;
Et, gravés dans nos cœurs, bien mieux que sur ce marbre,
(*Indiquant l'inscription*).
Les trois mots glorieux, sublime trinité,
Sauront fleurir en nous de toute éternité.

VOIX.

Amen ! Ainsi soit-il !

LEBLANC.

Beau discours que j'estime.

ANTOINE , *à Bernard*.

Pour le faire imprimer , je t'accorde un centime.

LEBLANC.

C'est que tout le monde a des frères pour voisins,
Tandis qu'on n'était pas même autrefois cousins,
Non.

CLAUDIN, *avec bonhomie.*

L'orateur Bernard pousse bien loin l'hyperbole,
Citoyens : son discours ne vaut pas une obole.

BERNARD.

Oh ! oh !

CLAUDIN, à *Bernard.*

Je m'aperçois que votre esprit se plaît
A nous faire entrevoir un paradis complet.
Tout ouvrier pourra, si telle est son envie,
Les mains dans ses goussets, mener joyeuse vie.
Il va traiter la France en vrai pays conquis ;
Il aura plus de droits que nos anciens marquis ;
Les perdreaux lui pleuvront tout rôtis par les anges ;
Pour lui seul à Bordeaux mûriront les vendanges ;
Et pour lui seul encore, il sortira du four,
Au lieu d'un vil pain noir, dix brioches par jour.

DURAND.

Oui ! tant mieux !

CLAUDIN, *riant aux ouvriers.*

Fainéants, l'eau vous vient à la bouche,
N'est-ce pas? Ecoutez, car votre sort me touche :
Le peuple est souverain ; mais, je suis peuple aussi,
Moi, sans dire qu'enfin tout soit à ma merci,
Cependant ; sans vouloir, comme tels bons apôtres,
Remplacer un tyran par des millions d'autres ;
Et sans croire surtout que l'arbre, on l'ait planté
Pour n'être que l'abri de mon oisiveté.
Les mauvais d'entre vous, et c'est le petit nombre,
Ouvriers, ont maudit le travail et son ombre.
Mais, notre ami Bernard, vous à qui je réponds,
Tous les hommes d'honneur, dites : « nous nous trompons! »
Et quels sont vos profits à chanter dans la rue?
La misère bruyante est-elle secourue?
Non : le bienfait se cache. Il arrive un malheur,
Alors; car on devient de mendiant, voleur.
Le peuple souverain saccagera la ville.

BERNARD.

Non, non, monsieur Claudin.

CLAUDIN.

Pas de guerre civile?
Ah soit. Mais, dès demain retournez au travail :
Oui, qu'avec son patron chacun fasse un long bail ;
Quand la bonne foi plaide, aisément on transige ;
Mais, plus tôt que plus tard, votre intérêt l'exige ;
Pourquoi? J'ai deviné, moi, qui ne suis pas fin :
Le patron dîne encore ; et vous, vous avez faim.

BERNARD.

Nous? c'est possible au fait.

DURAND.

Moi, j'ai la bouche pleine.

ANTOINE.

De sottises, mon vieux, qui te font perdre haleine,
En sortant.

BERNARD.

Dans mon sac l'argent tarde à pleuvoir.

DURAND.

Ma femme en gagne; ainsi, je suis sûr d'en avoir.

BERNARD.

Il dit juste, Claudin.

DURAND.

Non!

MICHEL.

Si !

CLAUDIN.

Pas de dispute :
Qu'un maître discoureur se lève et me réfute.
Personne?... Cette fois, on n'a guère crié :
Nous sommes tous d'accord; je l'aurais parié.

(*Léonard est à la tribune; on ne l'écoute pas d'abord*).

MONVAL, *à Robert*.

Monsieur, la *Marseillaise* est un chant populaire.

ROBERT.

Tant pis.

MONVAL.

Votre sang-froid me mettrait en colère !
Ce bel hymne au combat enflammait nos guerriers.

ROBERT , *riant.*

Sans doute, et les faisait se couvrir de lauriers.
Vieille histoire, mon cher. Mais, aujourd'hui, qu'importe ?
Pitt et Cobourg vont-ils enfoncer notre porte ?
Faut-il, à nos soldats, faire franchir le Rhin,
Au son d'un air magique et d'un sanglant refrain ?
« Aux armes ! » criez-vous, même sur la frontière,
Quand nous sommes en paix avec l'Europe entière !
Contre qui, dites-moi, pousser vos bataillons ?
Et de quel sang impur abreuver nos sillons ?
Cri de guerre importun, que jusqu'au jour de gloire
Je condamne à dormir au fond de ma mémoire ;
Oui, comme en attendant un terrible signal,
Le canon doit rester muet dans l'arsenal.

LÉONARD , *élevant la voix.*

En effet, citoyens , destituons en masse !

(*Il continue*).

CLAUDIN, *à demi voix.*

Mon voisin l'employé, vous faites la grimace.

L'EMPLOYÉ.

Me ravir mon emploi ! c'est une iniquité.

CLAUDIN.

On en peut, cependant, nier l'utilité.

L'EMPLOYÉ , *vivement.*

Inutile, un emploi qui nourrit ma famille !
Que j'ai depuis dix ans ! qui dotera ma fille !
Monsieur, vous plaisantez.

LÉONARD.

O peuple travailleur ,
De ton sang, chaque jour, ils sucent le meilleur.

L'EMPLOYÉ, *à Claudin.*

Je n'ai jamais sucé, moi, le sang de personne :
Fi donc ! cet homme a bu, monsieur, je le soupçonne.

LÉONARD.

Ministère incapable, écoute mes leçons.
Quant à l'octroi, d'où vient qu'on taxe nos boissons?

(*Il continue*).

DEUX VOISINS.

Monsieur, cet orateur se connaît en finances.
— Léonard ? Il ne dit que des impertinences.

MATHIEU, *à Pierre*.

Mauvais riches, mon cher, qui n'en ont que pour eux,
Et dont le superflu ferait un tas d'heureux.
Les monstres !

PIERRE.

As-tu vu de près leurs petitesses?
Ils ont des goûts charmants, oui, des délicatesses :
Ils ne mangeraient pas dans des cuillers d'étain.

MATHIEU, *étonné*.

Ah !

PIERRE.

Sept plats à dîner.

MATHIEU.

Diable ! en est-tu certain?

PIERRE.

Oh !.. oui. Pour voyager ils prennent des carosses ;
Et leur malle contient des quantités de brosses.

MATHIEU.

A quoi bon ! mais tu ris?

PIERRE.

Eh ! crois-moi si tu veux.
Des brosses, ils en ont pour les dents, les cheveux
Et les habits.

MATHIEU.

Quoi, trois ! le singulier système !
Car ils pourraient si bien tout faire avec la même !

LÉONARD.

Je conclus : du budget, sans hésiter, rayons
Cet impôt flétrissant... pour nous qui le payons.
Il rend vingt fois de plus l'État millionnaire....

CLAUDIN.

Mais, alors !...

LÉONARD.

Citoyens, j'obéis d'ordinaire
A l'honneur : j'aime mieux, patriote accompli,
Notre trésor à sec, qu'indignement rempli.

MICHEL.

C'est vous, madame Abel ! qu'est-ce qui vous amène ?

Mme ABEL, *se plaçant derrière lui.*

Chut, Michel, cachez-moi. Depuis une semaine,
Mon gendre tous les soirs vient au club ; en effet
Le voici : « Malvina, sachons ce qu'il y fait. »
Ai-je dit...

(*Leblanc paraît à la tribune.*)
Ce Leblanc, a-t-il de l'assurance,
Voyez ! on sifflera, moi, j'en ai l'espérance.

LEBLANC.

Citoyens, j'ai l'honneur d'être un homme établi :
Eh ! bien, Malvina met ses devoirs en oubli.

Mme LEBLANC, à *demi voix.*

Peut-on dire !

LEBLANC.

Hélas ! oui ; Dans ma propre demeure,
Vous croyez que j'obtiens la parole à toute heure ?
Pas du tout. C'est au club que je trouve moyen
De faire un peu valoir mon droit de citoyen.
Au moins, on parle ici quand on veut, c'est facile,
Sans qu'un interrupteur vous traite d'imbécile.

Mme ABEL.

Dieu du ciel !

LEBLANC.

On me plaint ; mon courage s'accroît :
Oui, je suis malheureux beaucoup plus qu'on ne croit.

CLAUDIN.

Pauvre diable ! ton sang n'est que de l'eau rougie.
On se révolte.

LEBLANC.

Un jour, j'avais de l'énergie,
Et je.... mais quoi ! chez nous je suis seul de mon bord ;
La vieille dame Abel intervient tout d'abord.

Mme ABEL, *se montrant.*

C'est faux !

LEBLANC.

Qu'ai-je entendu ! grand Dieu, ma belle mère !

Mme ABEL.

Oui, pour voir si tu fais des fautes de grammaire ,
Gros orateur !

VOIX TUMULTUEUSES.

Non ! non ! — Pas de femmes ici !
— Restez ! — Allez vous en ! — La Liberté ! — Non ! — Si !

Mme ABEL.

Messieurs les citoyens, voilà du caquetage !
Qu'est-ce qu'on vient chercher ? Leblanc, pas davantage.
Si je montais aussi, moi, sur mes grands chevaux,
Ah ! mais !...

LE PRÉSIDENT.

Laissez le club reprendre ses travaux.

Mme ABEL.

Bien, bien : c'est qu'un chacun s'arrange à sa manière.
Leblanc fait trop souvent l'école buissonnière ;
Et...

LE PRÉSIDENT.

De grâce, madame !

Mme ABEL.

Un mari né coiffé.
En quelque lieu qu'il soit, au club comme au café,
Je l'emmène. (*A Leblanc*), marchons.

LEBLANC.

Oui, je cède à la force ;
Pourvu qu'on rende un jour aux français le divorce !

MICHEL.

Il y va, le niais !

VOIX.

L'idiot. — L'innocent !

MICHEL, *à Leblanc.*

Mes respects à madame, ô gendre intéressant !

LE PRÉSIDENT.

Du calme, citoyens.

CLAUDIN.

Silence !

LE PRÉSIDENT.

Qu'on m'écoute :
Chut ! je vous gronderai, vraiment, quoiqu'il m'en coûte.
Voyons ? pourquoi ces cris, ce bruit ? vous me semblez
Oublier dans quel but nous sommes rassemblés.
Aujourd'hui, citoyens, s'ouvre une ère nouvelle :
Ce mot de république à tous nos cœurs révèle,
Avec d'immenses droits, plus d'un grave devoir.

DURAND.

On connait çà.

LE PRÉSIDENT.

Fort bien ; montrez votre savoir.

DURAND.

Oui ; c'est, *primo,* le droit d'aller monter sa garde ;
Et...

LE PRÉSIDENT.

Suffit...

DURAND.

Pérorez, vous, que cela regarde.
Tiens ! ce citoyen-là veut-il me tourmenter ?

LE PRÉSIDENT.

Mon ami, chaque membre ici doit apporter,
Bien loin d'afficher tous prétentions pareilles,
L'homme instruit, son savoir, l'ignorant, ses oreilles.

(*Robert à la tribune, commence un discours*).

DURAND, *à Bernard.*

Avec ce président, je ne suis pas chanceux.

BERNARD.

Toi ? c'est vrai.

DURAND.

M'appeler ignorant, paresseux !
Ah ! bien !... Dis donc, Bernard, renvoyons lui la balle.

BERNARD.

Nous ?... comment ?

DURAND.

A nous deux montons une cabale.
Oui, pif ! paf ! nous aurons de quoi lui boucher l'œil
Quand il voudra s'asseoir dimanche à son fauteuil.
Tous chauds sortant du four viendront les projectiles.

BERNARD.

Je comprends ; dans un club les pommes sont utiles.

DURAND.

Hein ! convenu ?

BERNARD.

Bonsoir.

ROBERT.

Un club, qu'est-ce que c'est ?

MONVAL.

A quoi bon l'expliquer ? tout le monde le sait.

MILLET.

Un club, c'est lui, c'est nous.

ROBERT.

Et quelque chose encore,
Citoyens ; de ce nom, moi, Robert, je décore
Un grand rassemblement, comme ici nous voilà,
Où chacun, déployant l'opinion qu'il a,
Entre la tête haute et librement s'exprime.
Le dénonciateur n'obtient là nulle prime.
Et tous, associés pour le bien de l'Etat,
On fait...

CLAUDIN.

De longs discours ; unique résultat.

ROBERT.

Apprenez qu'un vrai club, s'expliquant fort et ferme,
A tel malheur public assignerait un terme.
Il n'agit pas ; qu'importe ? et vais-je m'en fâcher ?
Non ! s'il pousse en avant ceux qui doivent marcher.

LE PRÉSIDENT.

C'est bien cela, Robert.

ROBERT.

Oui ; mais, que de ma bouche
Tombe une phrase, un mot au sens à demi louche,
Tout novice orateur parle hélas ! comme il peut,
L'auditoire irritable, intolérant, s'émeut,
S'agite, crie à bas ! m'apostrophe, m'insulte.
Vacarme d'écoliers. Loin d'un pareil tumulte,
L'homme sage s'en va, pensant avec raison
Qu'il vaudrait mieux rester chacun dans sa maison.

DURAND.

Ce jeune babillard nous fait de la morale.

DUCLOS.

Sa manière est tranchante, acerbe, doctorale.

LE PRÉSIDENT.

Croyez-en, comme moi, le citoyen Robert :
D'un club désordonné l'autorité se perd.
Cette ville déjà nous tourne en ridicule,
Et même à nos dépens une chanson circule.
Je lève la séance... un instant ! certain bruit
M'est venu : ma conduite aura porté son fruit,
Puisque, dimanche, en butte à d'ignobles poursuites,
Je dois subir un siège à coup de pommes cuites.

VOIX.

Non !.. non !..

DURAND, à *Bernard.*
Tu m'as trahi.

LE PRÉSIDENT.
J'évente le complot,

CLAUDIN.

L'auteur?

LE PRÉSIDENT.
N'en doutez pas, il m'est connu : son lot
Est de voir échouer un projet diabolique.

MICHEL.

Vive le Président !

BERNARD.
Vive la République !

Sablé. Imprimerie de CHOISNET.

www.ingramcontent.com/pod-product-compliance
Ingram Content Group UK Ltd.
Pitfield, Milton Keynes, MK11 3LW, UK
UKHW020915140726
13695UKWH00006B/2546